革命烈士诗抄

生命的绝唱
不朽的丰碑

曹外香／选编

光明日报出版社

图书在版编目（CIP）数据

革命烈士诗抄 / 曹外香选编. --北京：光明日报出版社，2011.7
ISBN 978-7-5112-1293-1

Ⅰ.①革… Ⅱ.①曹… Ⅲ.①诗集—中国—现代 Ⅳ.①I226

中国版本图书馆 CIP 数据核字（2011）第 110695号

革命烈士诗抄

选编：曹外香

出 版 人：朱庆
责任编辑：温梦　　封面设计：周周设计局
责任校对：刘瑾　　责任印制：曹诤

出版发行：光明日报出版社
地　　址：北京市东城区珠市口东大街5号，100062
电　　话：010-67078249（咨询），67078945（发行），67078235（邮购）
传　　真：010-67078227，67078233，67078255
网　　址：http://book.gmw.cn
E-mail：gmcbs@gmw.cn
法律顾问：北京市华沛德律师事务所张永福律师

印　　刷：北京楠萍印刷有限公司
装　　订：北京楠萍印刷有限公司
本书如有破损、缺页、装订错误，请与本社联系调换。

开　　本：720×1010mm　1/16
字　　数：90千字　　印　　张：9
版　　次：2011年7月第1版　　印　　次：2011年7月第1次印刷
印　　数：1-10,000册
书　　号：ISBN 978-7-5112-1293-1

定　　价：7.00元

目录

李大钊

李大钊 (1889 ~1927 年)： 字守常， 河北乐亭人。 1913 年，他从天津北洋法政专门学校毕业后赴日本留学。 1916 年回国，先后担任《晨钟报》、《甲寅》日刊编辑。 1918 年任北京大学经济学教授兼图书馆主任， 参加《新青年》杂志编辑工作，并成为新文化运动和五四运动的领导者之一。 1920 年， 他在北京建立了共产主义小组。 1921 年中国共产党成立后， 李大钊代表党中央指导北方的工作。 在中国共产党的第二、 三、 四次全国代表大会上， 他都当选为中央委员。 1927 年 4 月 6 日被奉系军阀张作霖逮捕， 同年 4 月 28 日英勇就义， 年仅 38 岁。

乙卯残腊①，由横滨搭法轮赴春申，在太平洋舟中作

浩渺水东流，客心空太息。
神州悲板荡②，丧乱安所极？
八表正同昏③，一夫终窃国。
黯黯五彩旗④，自兹少颜色。
逆贼稽征讨，机势今已熟。
义声起云南，鼓鼙动河北⑤。
绝域逢知交，慷慨道胸臆。

① 乙卯残腊：1915 年阴历十二月。这首诗是作者从日本横滨回上海途中在轮船上作的。

② 板荡：《诗经》有板、荡两篇，皆写周厉王荒淫无道。后用来指政局混乱，社会不安。

③ 八表正同昏：指全国陷入袁世凯的黑暗统治之下。八表，犹八方。

④ 五彩旗：指辛亥革命后“中华民国”国旗，有红、黄、蓝、白、黑五色。

⑤ 义声起云南：指蔡锷在云南起义讨袁。鼓鼙：军鼓，指袁世凯派兵去镇压起义。

中宵出江户，明月临幽黑。
鹏鸟将图南，扶摇始张翼。
一翔直冲天，彼何畏荆棘？
相期吾少年，匡时宜努力。
男儿尚雄飞，机失不可得。

岭上的羊

我在古寺门前站立，
小羊的声音来自天际。
看啊！岭上的羊，白的掺着黑的。
一个一个地都爬上山去。
羊啊！我细听你的声音里：
纤弱带着仁慈，悲哀带着战栗，
你不曾伤过别的东西，
你不曾害过你的伴侣；
天天只傍着那山水，
吃些草叶或草子；
只有你怕人，没有人怕你。
我不但不怕你而且怜你；
我不怕你，而且怜你，就是你的胜利！

题蒋卫平遗像

斯人气尚雄，
江流自千古。
碧血几春花，
零泪一抔土。
不闻叱咤声，
但听呜咽水。
夜夜空江头，
似有蛟龙起。

欢迎独秀出狱

一

你今出狱了，
我们很欢喜，
他们的强权和威力，
终竟战不胜真理。
什么监狱什么死，
都不能屈服了你；
因为你拥护真理，
所以真理拥护你。

二

你今出狱了，
我们很欢喜！
相别才有几十日，
这里有了许多更易：
从前我们的“双眼”忽然丧失，
我们的根便缺了光明，灭了价值；
如今“双眼”的光明复启，
却不见了你和我们手创的报纸！
可是你不必感慨，不必叹惜，
我们现在有了很多的化身，同时奋起：
好像花草的种子，
被风吹散在遍地。

三

你今出狱了，
我们很欢喜！
有许多的好青年，
已经实行了你那句言语：
“出了研究室便入监狱，
出了监狱便入研究室。”
他们都入了监狱，
监狱便成了研究室；
你便久住在监狱里，
也不须愁着孤寂没有伴侣。

罗学瓒

罗学瓒（1893~1930 年）：湖南湘潭人，共产党员。1918 年参加新民学会，1919 年赴法国勤工俭学。1922 年回到长沙，从事工人运动。1925 年任中共湖南省醴陵县县委书记。1927 年任中共湖南省委委员兼湘潭工委书记。后调上海、山东等地工作。1929 年在中共浙江省委工作时被捕，1930 年在杭州被国民党反动派杀害。

自勉

书此以为异日遇艰难时之反省也

不患不能柔，
惟患不能刚；
惟刚斯不惧，
惟刚斯有为。
将肩挑日月，
天地等尘埃。
何言乎富贵，
赤胆为将来。

随感

我心如不乐，
移足晤故人。
故人留我饮，

待我如嘉宾。
开怀天下事，
不言家与身。
登高翘首望，
万物杂然陈。
光芒垂万丈，
何畏鬼妖精？
奋我匣中剑，
斩此冤孽根！
立志在匡时①，
欲为国之英。

① 匡时：挽救动荡的局势，使其转危为安。

续范亭

续范亭（1893～1947年）：山西崞县西社村（今属定襄县）人，晋绥抗日民主根据地领导人。续范亭早年加入同盟会。1936年西安事变以后，响应中国共产党的号召，回山西推动抗日救亡运动。曾任山西新军总指挥、晋绥边区行署主任、晋绥军区副司令员等职。1947年病逝于山西临县。中共中央根据其生前要求，追认他为中国共产党正式党员。

绝命诗①

赤膊条条任去留②，
丈夫于世何所求？
窃恐民气摧残尽，
愿把身躯易自由。

悼关向应同志

抗战初期，晋西相会，
沉默寡言，满腹智慧。
益我良多，启我愚昧，
与君谈话，徐徐而醉。

---

① 这是续范亭剖腹明志时留下的绝命诗。1935年，续范亭因不满九一八事变后蒋介石政府奉行的对日不抵抗政策，亲往南京呼吁抗日，遭到拒绝后在中山陵前剖腹自杀，举国为之震惊。

② 赤膊条条任去留：意思是对生命无所留恋。

三言五语，辞令不费，
点头会意，神交默契。
同甘共苦，备尝滋味，
何意中途，先后病肺。
延安养疴，互相策励，
辗转五载，先我而去。
科学医疗，千方百计，
苦无专药，不能治肺。
革命先锋，工人领队，
忠诚无间，再接再厉。
既不为名，又不为利，
为党牺牲，鞠躬尽瘁。
奋斗终身，四十四岁，
布尔塞维，当之无愧。

赠毛主席

领袖群伦不自高，
静如处子动英豪。
先生品质难为喻，
万古云霄一羽毛①。

---

① 杜甫《咏怀古迹》诗里称赞诸葛亮为“万古云霄一羽毛”。羽毛，指飞鸟；云霄，指高空；万古，言时间久。全句意思是，在历史上极少有的崇高品格。这里借来赞美毛主席的英明伟大。

邓中夏

邓中夏 （1894 ~1933 年）： 湖南宜章人。 他是中国工人运动的著名领袖， 曾任中共江苏省委书记、 中共广东省委书记、 湘鄂西特委书记、 中央革命军事委员会委员等职。 1933 年， 邓中夏在上海工作时被捕， 被国民党反动派残酷杀害于南京雨花台刑场，时年 39 岁。

新诗人的棒喝

我们不反对新诗，我们亦不反对人们要做新诗人，我们反对的是这种不研究正经学问，不注意社会问题，而专门做新诗的风气。如果这种风气延长下去，将来中国青年界要演成一个什么样，是我们此时所不忍预言的了。所以我们在此垂涕泣地叫喊道：

青年们！醒来哟，
谁在你们的四围
虎视鹰瞵的，
磨牙吮血的？
你们是处在一种什么环境？
你们是负了一种什么责任？
春花般的青年们哟！
朝暾般的青年们哟！
烈火般的青年们哟！
新中国的改造只仗你们了，

却不是仗你们几首新诗①。

青年们醒来哟！

过洞庭

莽莽洞庭湖，
五日两飞渡。
雪浪拍长空，
阴森疑鬼怒。
问今为何世？
豺虎满道路。
禽狝②歼除之，
我行适我素。

莽莽洞庭湖，
五日两飞渡。
秋水含落晖，
彩霞如赤炷③。
问将为何世？
共产均贫富。

---

① 新诗：指当时的一些不注意社会问题的“为艺术而艺术”的新诗。

② 禽狝：捕杀禽兽。

③ 赤炷：红色的火炬，象征蓬勃的革命力量。

惨淡经营之，
我行适我素。

胜利

哪有斩不除的荆棘？
哪有打不死的豺虎？
哪有推不翻的山岳？
你只须奋斗着，
　猛勇地奋斗着；
持续着，
　永远地持续着。
胜利就是你的了！
胜利就是你的了！

熊亨瀚

熊亨瀚（1894~1928年）：湖南桃江人。熊亨瀚早年参加民主革命运动，1926年加入中国共产党。1927年蒋介石发动反革命政变后，在白色恐怖中，熊亨瀚仍坚持革命。1928年11月，在武汉不幸被捕，旋即被害。

途中

昨夜洞庭月，
今宵汉口风。
明朝何处去？
豪唱大江东！

观涛

大江东去，
浩荡谁能拒！
吾道终当行九域①，
慷慨以身相许。

大孤山下停桡，
小孤山上观涛，

---

① 吾道：指伟大的共产主义理想。九域：指中国。据我国古书记载，古分天下为九州，故有此称。

热血也如潮涌，
时时滚滚滔滔。

亡命

蹈火归来又赴汤，
只身亡命是家常①。
东西南北路千里，
父母妻儿天一方。
太息斯民犹困顿②，
驰驱我马未玄黄③。
风尘小憩田夫舍，
索得浓茶作胆尝。

亡命彭泽

忧国耻为睁眼瞎，
挺身甘上断头台。
一舟风雨寻常事，
曾自枪林闯阵来。

---

① 家常：平常的事。

② 太息：叹长气。斯民：此民，指人民。

③ 玄黄：又黑又黄，指病困。马未玄黄，还可奔跑。这是感叹人民的痛苦，说明自己为革命奔走，毫不感到困倦。

吉鸿昌

吉鸿昌（1895~1934年）：字世五，河南扶沟人。曾任冯玉祥部军长、国民党第22路军总指挥。1932年加入中国共产党。1933年任察哈尔民众抗日同盟军前敌总指挥兼第2军军长。1934年11月9日，他在天津被捕，24日被杀害于北平（今北京），时年39岁。

就义诗

恨不抗日死，
留作今日羞。
国破尚如此，
我何惜此头。

诗一首

有贼无我，有我无贼。
非贼杀我，即我杀贼。
半壁河山，业经变色。
是好男儿，舍身救国。

恽代英

恽代英（1895～1931年）：生于湖北武昌。1921年加入中国共产党。1923年在上海任中国社会主义青年团中央委员、宣传部长，兼任团中央机关刊物《中国青年》主编。1927年，在中国共产党第五次全国代表大会上当选为中央委员。同年，参加领导南昌起义和广州起义。1931年4月，在南京被国民党反动派杀害。

狱中诗

浪迹江湖忆旧游①，
故人生死各千秋，
已摈忧患②寻常事，
留得豪情作楚囚。

① 旧游：指老朋友。

② 摈忧患：除去个人的忧患，即不把个人的忧患放在心上。

刘伯坚

刘伯坚（1895～1935年）：四川平昌人。1922年加入中国共产党，1923年底赴苏联莫斯科学习。1926年回国，任国民联军政治部副部长。1928年再次赴苏联学习。1930年回国后到中央革命根据地，在中央革命军事委员会工作，曾任工农红军学校政治部主任。1934年被选为中华苏维埃共和国中央执行委员。第一方面军主力长征后，留在赣南坚持斗争，任赣南军区政治部主任。1935年3月在战斗中受伤被俘，壮烈牺牲。

带镣行

带镣长街行，
蹒跚复蹒跚，
市人争瞩目，
我心无愧怍。

带镣长街行，
镣声何铿锵，
市人皆惊讶，
我心自安详。

带镣长街行，
志气愈轩昂，
拼作阶下囚，
工农齐解放。

1935年3月11日由大庾县狱中
带脚镣经大街移囚绥署候审室。

蔡和森

蔡和森（1895～1931年）：湖南湘乡（今双峰县）人。1918年，他与毛泽东一起创办了新民学会。1919年赴法国勤工俭学，1921年回国后加入中国共产党，并在中共中央从事党的理论宣传工作，成为党早期重要的理论家和宣传家。从中共“二大”至“六大”，蔡和森均当选为中央委员。1931年，蔡和森惨遭国民党反动派杀害，时年36岁。

少年行

——北上过洞庭有感

大陆龙蛇起，
乾坤一少年。
乡国①骚扰尽，
风雨送征船。
世乱吾自治，
为学志转坚。
从师万里外，
访友人文渊②。
匡复有吾在，
与人撑巨艰。
忠诚印寸心，

① 乡国：指湖南。
② 人文渊：指北京人文渊薮，即人文汇聚的地方。

浩然充两间①。
虽无鲁阳戈，
庶几挽狂澜。
凭舟衡国变，
意志鼓黎元②。
潭州蔚人望③，
洞庭证源泉。

---

① 浩然：指正义感。两间：天地间。

② 黎元：人民，百姓。

③ 潭州：指长沙。蔚：蔚然，形容丰盛繁茂。这句当指毛泽东同志领导的新民学会人才济济，为青年所仰望。

向警予 向警予（1895～1928 年）：湖南溆浦人，土家族。1919 年参加新民学会，同年底赴法国勤工俭学。1921 年底回国，1922 年初加入中国共产党，开始领导中国最早的无产阶级妇女运动。1925 年，向警予任中共中央妇女部主任，并当选为中共第四届中央局委员。五卅惨案发生后，向警予领导上海妇女界参加了反帝爱国运动。1928 年，她为中国人民的解放事业英勇牺牲。

溆浦女校校歌

美哉，庐山之下溆水滨，
我校巍巍耸立当其前。
看呀，现在正是男女平等，
天然的淘汰，触目惊心。
愿我同学做好准备。
为我女界啊大放光明。

彭 湃 彭湃（1896~1929年）：广东海丰人，中国早期农民运动的领导人之一，广东海陆丰革命根据地的创始人。曾任中共中央农委书记、中共中央军委委员、中共江苏省委军委书记等职。1929年8月被捕，不久被杀害于上海龙华。遗著有《海丰农民运动》。

起义歌

我们大家来起义，
消灭恶势力！
如今大革命，
反封建，分田地，
坚决来斗争，
建设苏维埃！
工农来专政，
实行共产制，
人类庆大同，
无产阶级世界革命，
最后成功！

叶 挺

叶挺（1896~1946年）：字希夷，广东惠阳人。1924年加入中国共产党，曾任国民革命军第4军独立团团长。抗日战争爆发后，出任新四军军长，后在国民党挑起的“皖南事变”中被俘，1946年3月经党组织营救出狱，同年4月8日，在由重庆赴延安途中，因飞机失事遇难。

囚歌

为人进出的门紧锁着，
为狗爬出的洞敞开着，
一个声音高叫着：
——爬出来吧，给你自由！

我渴望自由，
但我深深地知道——
人的身躯怎能从狗洞子里爬出！

我希望有一天
地下的烈火，
将我连这活棺材一齐烧掉，
我应该在烈火与热血中得到永生！

谭寿林

谭寿林（1896~1931年）：广西贵县（今贵港县）人，共产党员。1926年，他担任中共梧州地方执行委员会书记，发动和领导了声援省港大罢工的罢工周。1927年大革命失败后，谭寿林被派往广州，负责对中共广西地委的联络工作。广州起义失败后，于1928年秘密来到上海从事工人运动。1931年不幸被捕，英勇就义于南京雨花台，时年35岁。

土地革命山歌

杨柳青青江水平，四边田野唱歌声；
唱歌不唱风流调，单唱农民受苦情。

我辈农民种田地，交租纳税已有余；
官僚地主享大福，农民生活狗不如。

地主收租吃白米，官僚勒税吃山珍；
官僚地主真威福，当我农民不是人。

似虎官僚逼了税，如狼地主又追租；
终年辛苦无所得，饥寒交迫向谁呼！

我辈农民想不通，做牛做马苦做工；
是否生成天注定，冇吃冇穿这样穷①？

种田到老穷到老，到老更穷更困难；
耕田种地挨饥饿，地主米粮叠如山。

---

① 冇：读如“摩”，广西方言，意即“没有”。

我明白了明白了！明白为何这样穷，
就是高租兼重税，剥削一重又一重。

官僚地主虎狼凶，欺压工农理不公；
剥得工农只留骨，看他狗命几时终！

开天辟地田何来？是我农民辛苦开！
农民辛苦种田地，地主收租理不该。

千年田地谁是主？哪个田头立了碑？
只要大家合力打，铁铸江山打得正。

道理讲来真不差，铁铸江山打开花！
本应耕者有其田，因何田在富人家?!

个个明白这道理，大家努力去周旋；
打倒官僚才快乐，铲除地主才安然。

人人种地有田地，有饭吃来有衣穿；
若想实现这世界，大家合力扭转天。

革命成功在眼前，群众奋斗要争先；
杀头当做风吹帽，坐监也要闯上天。

如果革命胜利了，我辈主张得出头；
自己种地自己吃，谁敢逼税把租收?!

大家努力干革命，革命一定会成功；
到了那时真幸福，工农来作主人翁！

黎又霖

黎又霖（1895~1949年）：贵州黔西人。他自青年时代起就积极投身于革命运动中，曾参加过五四运动、北伐战争、抗日民族救亡运动。1948年1月，中国国民党革命委员会成立，黎又霖任民革中央四川省负责人，从事军运和营救难友等革命活动。由于奸细告密，于1949年8月被捕，同年11月27日在国民党特务的血腥大屠杀中壮烈牺牲。

狱中诗四首

一

斜风细雨又黄昏，
危楼枯坐待天明。
溪声日夜咽墙壁，
似为何人数不平。

二

祸国殃民势莫当，
三分天下二分亡①。
狱中自古多豪俊，
留待他年话仇肠。

三

卖国殃民恨独夫②，

① 三分句：指全国大部分地区已经解放，国民党的反动统治快要灭亡。
② 独夫：暴君，指蒋介石。

一椎不中未全输①。
锒铛频向窗前望，
几日红军到古渝。

四

革命何须问生死，
将身许国倍光荣。
今朝我辈成仁去，
顷刻黄泉又结盟。

① 一椎不中未全输：秦始皇出巡时，路过博浪沙（在今河南原阳县），张良请大力士用铁锥击秦始皇，没有击中。这里指黎又霖的地下工作虽然遭到破坏，但整个革命事业还是胜利了。

高君宇

高君宇（1896～1925年）：山西静乐人，中共早期著名的政治活动家、理论家，中共北方党团组织的主要负责人和山西党团组织的创始人。1922年7月，在中国共产党第二次全国代表大会上当选为中央执行委员，后任中共中央机关报《向导》周报编辑，并发起成立民权运动大同盟。1925年3月在北京病逝，时年29岁。

诗一首①

我是宝剑，
我是火花，
我愿生如闪电之耀亮，
我愿死如彗星之迅忽。

① 原诗无题。现题据《革命烈士诗抄》（中国青年出版社，1962年）。

王尽美

王尽美（1898 ~1925 年）：原名王瑞俊，出生于山东莒县。中国共产党创始人之一，山东党组织早期的组织者和领导者。1921 年春，王尽美发起创建济南共产党早期组织。同年 7 月，赴上海出席中国共产党第一次全国代表大会，后任中共山东区支部书记、中国劳动组合书记部山东分部主任。1922 年 7 月，出席中国共产党第二次全国代表大会，会后被留在中央负责领导工人运动。1925 年 8 月，他因积劳成疾在青岛病逝。

长江歌①

看看看，滔天大祸，飞来到身边——
日本强盗似狼贪，硬立民政官！
此耻不能甘，山东又要似朝鲜！
嗟我祖国，攘我主权，破我好河山。

听听听，山东父老，同胞愤怒声，
送我代表赴北京，质问大总统！
反对卖国廿一条，保护我山东，
堂堂中华，炎黄裔胄，主权最神圣。

---

① 这首歌是五四运动时期王尽美为济南学生暑假讲演团谱写的歌词。称《长江歌》，意指学生的爱国精神像长江那样永远滚滚东流，不达目的不罢休。

赠友人

贫富阶级见疆场①，
尽善尽美唯解放。
潍水泥沙统入海，
乔有麓下看沧桑②。

革命天才明

其一　对工人

工人白劳动，厂主吸血虫；
工人无政权，世道太不公；
工人站起来，革命打先锋！

其二　对农民

穷汉白劳动，财主寄生虫；
人穷并非命，世道太不公；
农民擦亮眼，革命天才明！

① 见疆场：疆场相见，指阶级斗争。
② 潍水：家乡的一条河。乔有：村旁的一座山。

其三　对店员

店员白劳动，财东吸血虫；
人穷并非命，世道太不公；
工商联合起，革命无不胜！

其四　对学生

反帝反封建，“五四”大运动；
打烂旧社会，民族才振兴；
同学快觉醒，革命学列宁！

其五　对士兵

小兵死千万，大官立了功；
为何打内战，道理讲不清；
枪口要对外，反帝是英雄！

赵博生

赵博生（1897～1933 年）：出生于河北沧县慈庄。1931 年加入中国共产党。同年 12 月，和董振堂等人率领部队在宁都起义，加入中国工农红军。曾任红军第 5 军团第 14 军、第 13 军军长，军团参谋长、副总指挥。他参加过赣州、漳州和南雄水口等战役战斗。1933 年 1 月 8 日，赵博生在与敌人激烈的肉搏战中，壮烈牺牲，时年 36 岁。

革命精神歌

先锋！先锋！
热血沸腾，
先烈为平等牺牲，
作人类解放救星。
侧耳远听，
宇宙充满饥饿声，
警醒先锋，
个人自由全牺牲。
我死国生，
我死犹荣，
身虽死精神长生，
成功成仁，
实现大同。

瞿秋白

瞿秋白（1899 ~1935 年）：江苏常州人。1922 年加入中国共产党。在中国共产党第三、四、五、六次全国代表大会上，他都当选为中央委员，是党的重要领导人之一。1935 年 2 月，瞿秋白在福建长汀水口被国民党军队逮捕，同年 6 月 18 日英勇就义。

赤潮曲

赤潮澎湃，
晚霞飞动，
惊醒了
五千余年的沉梦。

远东古国
四万万同胞，
同声歌颂
神圣的劳动。

猛攻，猛攻，
捶碎这帝国主义万恶丛！
奋勇，奋勇，
解放我殖民世界之劳工。

何论黑，白，黄，
无复奴隶种。
从今后，福音遍被，天下文明，

只待共产大同。

看！
光华万丈涌。

小小的蓓蕾[①]

小小的蓓蕾，
含孕着几多生命，
陈旧的死灰，
几乎不掩没光明。
看那沙场的血花灿烂，
经过风暴之后的再生，
谁道是无意中的赤化？
却是赤爱的新的结晶。

铁花

我不在柔和细腻的自然里，
我不在繁美华盛之中；
在这烟气迷天的工厂内，
锻炼着我的铁花，火涌。

---

① 这首诗原存于瞿秋白给妻子杨之华的信中，是赠女儿独伊的，无题。

铁花受不着阳光的煦和，
铁花领不着月光的抚慰；
小炉里融融的火飔，
嗤嗤地烧着了花蕊。

那地方锤子的声音来得蠢，
那地方金铁的声音来得紧；
好一似铜松拂着刚风，
我真爱上了，舍却不忍。

不是那轻挥羽扇，妙舞回旋的——
而是那胼胝满目，——是有力的掌。
工厂里燃着不熄的火苗，
照耀我这壮勇无畏的胸膛。

我吹着铁炉里的劳工之怒，
我幻想，幻想着大同，
引吭高歌的……醉着了呀，群众！
锻炼着我的铁花，火涌。

方志敏

方志敏（1899～1935年）：江西弋阳人。1924年加入中国共产党。1928年1月，参与领导弋阳、横峰起义，创建赣东北革命根据地和中国工农红军第10军。曾任江西省委书记，信江、赣东北省和闽浙赣省苏维埃政府主席，红11军政治委员、红10军团军政委员会主席等职。1934年，方志敏率领红军抗日先遣队北上。1935年1月，在与国民党反革命军队作战中被捕。在狱中，面对敌人的严刑和诱降，他正气凛然，坚贞不屈。同年8月6日在南昌英勇就义。遗著有《可爱的中国》、《狱中纪实》等。

哭声

仿佛有无量数人在我的周围哭泣呵！
他们呜咽的、悲哀的而且时时震颤的声音，
越侧耳细心去听，越发凄楚动人了！
“我们血汗换来的稻麦，十分之八被田主榨取去了，
剩的些微，哪够供妻养子！……
“我们牛马一般地在煤烟风尘中做输运，奔走，
每日所得不过小洋几角，疾病一来，只好由死神摆布去了！
“跌倒在火坑里，呵！这是如何痛苦呵！
看呀，狂暴的恶少，视我们为娱乐机械，又来狎弄我们了！……
“唔！唔！唔！我们刚七八岁就给放牛，做工去吗？
金儿福儿读书，不是……很…快乐吗？

“痛呀！枪弹入骨肉，真痛呀！
青年人，可爱的青年人，你不援救我们还希望谁？”
似乎他们联合起来，同声哭诉。
这时我的心碎了。
热泪涌出眼眶来了。
我坚决勇敢地道：
“是的，我应该援救你们，我同着你们去……”

1922年5月于同文书院

呕血

呵，什么？
鲜红的是什么？
血吗？
血呀！

我为谁呕？
我这般轻轻年纪，就应该呕血吗？
呵！是的！
我是个无产的青年！
我为家庭虑，
我为求学虑，
我又为无产而可怜的兄弟们虑。
万虑丛集在这小小的心儿里，
哪能不把鲜红的血挤出来呢？

呵！是的，无产的人都应该呕血的，
都会呕血的——何止我这个羸弱的青年；
无产的人不呕血，
难道那面团团的还会呕血吗？
这可令我不解！
我为什么无产呢？
我为什么呕血呢？

1922年6月21日于九江

诗一首①

敌人只能砍下我们的头颅，
决不能动摇我们的信仰！
因为我们信仰的主义，
乃是宇宙的真理！

为着共产主义牺牲，
为着苏维埃流血，
那是我们十分情愿的啊！

---

① 原诗无题。现题据《革命烈士诗抄》（中国青年出版社，1962年）。

闻一多

闻一多 (1899 ~1946 年)：本名家骅，湖北浠水人。曾在青岛大学、清华大学等校任教。抗日战争期间，在昆明担任西南联合大学的教授。1943 年后，闻一多积极参加反对独裁、争取民主的斗争。抗战胜利后，出任民盟中央执行委员、云南总支部宣传委员兼《民主周刊》社社长，经常参加进步的集会和游行。1946 年 7 月 15 日，闻一多被国民党特务暗杀。

一句话

有一句话说出就是祸，
有一句话能点得着火，
别看五千年没有说破，
你猜得透火山的缄默？
说不定是突然着了魔，
突然青天里一个霹雳
　　爆一声：
　“咱们的中国！”

这话教我今天怎么说？
你不信铁树开花也可，
那么有一句话你听着。
等火山忍不住了缄默，
不要发抖，伸舌头，顿脚，
等到青天里一个霹雳
　　爆一声：
　“咱们的中国！”

心跳

这灯光，这灯光漂白了的四壁；
这贤良的桌椅，朋友似的亲密；
这古书的纸香一阵阵地袭来；
要好的茶杯贞女一般的洁白；
受哺的小儿唼呷在母亲怀里，
鼾声报道我大儿康健的消息……
这神秘的静夜，这浑圆的和平，
我喉咙里颤动着感谢的歌声。
但是歌声马上又变成了诅咒，
静夜！我不能，不能受你的贿赂。
谁希罕你这墙内尺方的和平！
我的世界还有更辽阔的边境。
这四墙既隔不断战争的喧嚣，
你有什么方法禁止我的心跳？
最好是让这口里塞满了沙泥，
如其它只会唱着个人的休戚，
最好是让这头颅给田鼠掘洞，
让这一团血肉也去喂着尸虫，
如果只是为了一杯酒，一本诗，
静夜里钟摆摇来的一片闲适，
就听不见了你们四邻的呻吟，

看不见寡妇孤儿抖颤的身影，
战壕里的痉挛，疯人咬着病榻，
和各种惨剧在生活的磨子下。
幸福！我如今不能受你的私贿，
我的世界不在这尺方的墙内。
听！又是一声炮声，死神在咆哮。
静夜！你如何能禁止我的心跳？

发现

我来了，我喊一声，迸着血泪，
“这不是我的中华，不对，不对！”
我来了，因为我听见你叫我；
鞭着时间的罡风，擎一把火，
我来了，不知道是一场空喜。
我会见的是噩梦，哪里是你？
那是恐怖，是噩梦挂着悬崖，
那不是你，那不是我的心爱！
我追问青天，逼迫八面的风，
我问，拳头擂着大地的赤胸，
总问不出消息；我哭着叫你，
呕出一颗心来，你在我心里！

死水

这是一沟绝望的死水，
清风吹不起半点漪沦。
不如多扔些破铜烂铁，
爽性泼你的剩菜残羹。

也许铜的要绿成翡翠，
铁罐上锈出几瓣桃花；
再让油腻织一层罗绮，
霉菌给他蒸出些云霞。

让死水酵成一沟绿酒，
漂满了珍珠似的白沫；
小珠们笑声变成大珠，
又被偷酒的花蚊咬破。

那么一沟绝望的死水，
也就夸得上几分鲜明。
如果青蛙耐不住寂寞，
又算死水叫出了歌声。

这是一沟绝望的死水，
这里断不是美的所在，
不如让给丑恶来开垦，
看他造出个什么世界。

夏明翰

夏明翰（1900 ~1928 年）：五四运动时，他是衡阳学生联合会的领导者。1920 年，来到长沙，结识了毛泽东。1921 年，经毛泽东、何叔衡介绍，加入中国共产党。入党后，在长沙从事工人运动，参与领导了人力车工人罢工斗争。1924 年，担任中共湖南省委委员，负责农委工作。1928 年，夏明翰调任中共湖北省委常委。不久，他在武汉被捕，为中国人民的革命事业献出了宝贵的生命。

就义诗

砍头不要紧，
只要主义真。
杀了夏明翰，
还有后来人。

童谣

民家黑森森，
官家一片灯。
民家锅朝天，
官家吃汤丸。

邓恩铭

邓恩铭（1901~1931年）：贵州荔波人，水族。1920年与王尽美发起组织马克思学说研究会。1921年建立济南共产主义小组。同年7月，出席了中国共产党第一次全国代表大会。1922年，赴莫斯科出席远东各国共产党及民族革命团体第一次代表大会。回国后他以主要精力从事工人运动，曾在山东先后领导胶济铁路全路大罢工、青岛日本纱厂工人大罢工。1928年12月，因叛徒告密，在济南被捕。1931年4月5日，英勇就义。

诀别

卅一年华转瞬间，
壮志未酬奈何天。
不惜唯我身先死，
后继频频慰九泉。

贺锦斋

贺锦斋（1901~1928年）：湖南桑植人。1927年加入中国共产党。1928年，他随周逸群、贺龙回到湘西，建立革命武装和根据地。同年9月，在掩护贺龙率主力部队突围的战斗中，贺锦斋壮烈牺牲，年仅27岁，实践了其“吾将吾身交吾党”，“誓为人民灭豺狼”的钢铁誓言。

浪淘沙

我由广东回到上海，见反革命在各地屠杀工农群众，令人不胜悲愤；而美丽的上海，当时亦呈现了一片恐怖和凄凉的景象，因感而作此词，时1927年9月。

仰望蔚蓝天，
与水相连，
两岸花柳更鲜妍。
可惜一片好风景，
被匪摧残。

蒋匪太凶顽，
作恶多端，
屠杀工农血不干。
我辈应伸医国手，
重整河山。

赵世炎

赵世炎（1901～1927年）：四川酉阳（今属重庆市）人。中国共产主义运动先驱者、著名的工人运动领袖。1920年，赵世炎赴法国留学。1922年，与周恩来等创立旅欧青年团组织中国少年共产党，任中央执行委员会书记。同年秋，成立中共旅欧总支部，任总支部书记和法国组负责人。1923～1924年在莫斯科东方大学学习。1924年回国工作，协助李大钊领导北方各省的斗争。在上海工人三次武装起义中，他都起了重要的领导作用。1927年7月，赵世炎在上海被捕牺牲。

远望莫斯科①

我们站立在巴黎铁塔顶上，
高处不胜寒，
一片茫苍苍②。
翘首远望，
遥指北方，
万千风光，
令人神往！
听呵！列宁在演讲，
人民群众在拍掌，
《国际歌》响震云霄，
欢呼口号声若狂。

---

① 这首诗是赵世炎在巴黎勤工俭学时所作，表达了对革命的向往。

② 高处不胜寒：借用苏轼《水调歌头·明月几时有》词中的话。茫苍苍：指旷远迷蒙，不很分明。

看呵！满天大雪，
无数红旗飘扬；
工农武装，
打倒了沙皇，
赶走了豺狼，
肃清着奸匪，
保护着党。
让我们齐声高呼：
共产主义万寿无疆。

柔　石

柔石（1902~1931 年）：原名赵平复，浙江宁海人，共产党员。1928 年，他到上海从事革命文学运动，曾任《语丝》编辑，并与鲁迅等人共同创立了“朝花社”。1930 年春，自由运动大同盟成立，柔石为发起人之一。同年 3 月，中国左翼作家联盟成立，柔石曾任执行委员、编辑部主任。1931 年 1 月被捕，2 月 7 日晚，他被国民党反动派秘密杀害，为“左联五烈士”之一。

战！

尘沙驱散了天上的风云，
尘沙埋没了人间的花草；
太阳呀，呜咽在灰黯的山头，
孩子呀，向着古洞深林中奔跑！

陌巷与街衢，
遍是高冠大面者的蹄迹，
肃杀严刻的兵威，
利于三冬刺骨的飞雪！

真的男儿呀，醒来罢，
炸弹！手枪！
匕首！毒箭！
古今武器，罗列在面前，
天上的恶魔与神兵，
也齐来助人类战，
战！
火花如流电，

血泛如洪泉，
骨堆成了山，
肉腐成肥田。
未来子孙们的福阴之宅，
就筑在明月所清照的湖边。

呵！战！
剜心也不变！
砍首也不变！
只愿锦绣的山河，
还我锦绣的面！
呵！战！
努力冲锋，
战！

1925年7月8日夜

血在沸

——纪念一个在南京被杀的小同志

血在沸，
心在烧，
在这恐怖的夜里，
他死了！

他死了！
在这白色恐怖的夜里——
我们的小同志，

枪杀的，
子弹丢进他的胸膛，
躺下了——小小的身子，
草地上，
流着一片鲜红的血！

国民党，
魔脸的刽子手。
狼的心，
狐狸的尾巴，
狗的鼻；
嗅到他了，
咬去他了，
吞下他了！

血在沸！
心在烧！
地球在震动！
火山在爆发！

帝国主义呀，
记住你们的末日！
大风在飞沙，
猛浪在卷石。
从工厂的烟囱里喷出火，
在犁锄上，土地溅出了血！
一切，你们的一切，

都在崩溃了，
都在收场了！

金钱，淫威，压迫，剥削，
还给他们吧！
大炮，飞机，毒瓦斯，电网，
你们快些布置吧！

这是最后的一幕，
在人类斗争的历史上。
血腥的历史，
枪和炮的历史，
地球震撼着的历史呀！

我们的小同志，
十六岁的人类的兄弟，
就牺牲在这一幕的历史上了！
——切断！号哭！恸心！
子弹穿过他的脑袋。
伴着他有五人，
排成一列的；
伴着他有五百人，
排成一队的；
伴着他有无数万人，
全世界无产阶级的队伍！
奋斗的队伍呀，
敢死的队伍！

血在沸，
心在烧，
我们小同志有铁的筋肉，
——如火的眼睛。
子弹向它们飞进去了！
他做了打靶者的靶子，
瞄准的黑点，
他被残杀而死了！

“起来！
饥寒交迫的奴隶！”
全国的工农劳苦群众呀！
一齐起来，
解放我们自己！

黄河的红水冲上两岸了，
苏维埃的旗帜，
在全国的山岭上飞！
伟大的革命，
伟大的斗争，
我们的小同志，
少年先锋队的队长，
就死在这里面了！

疯狂的夜，
白色恐怖的夜。
处处有狼的心，
狐狸的尾巴，

狗的鼻！

群山号叫了！
统治阶级，
你们的末日，
白衣，
白棺，
快些预备吧！
你们的坟墓，
工农群众，
早已亲手给你们掘好了！
挽歌被唱着：

“我们有锄，
我们有斧，
我们有热血，
我们有赤心！”

疯狂的夜，
白色恐怖的夜。
鼾卧的人们是——
　　豪绅，
　　买办，
　　资产阶级。
你们从此没有天明，
你们从此不能见晨星，
——“微笑你们自己的罢，

黑暗！在临死的时候！”

我们的小兄弟，
可敬可佩的C. Y. [1] 同志！
枪杀的，
你微笑而死去！
这是使命，
这是真理！

黑夜，
狂风，
迅雷，
暴雨，
——看，斗争的末日！

冲向前！
同志们！
我们要为死者复仇，
要为生者争得迅速的胜利！

血在沸，
心在烧，
我们十六岁的少年同志被残杀，
在这白色恐怖的夜里！

1930. 10. 23. 阴森的夜。

---

① C. Y.：共青团的英文（Communist Youth）的缩写。

刘绍南

刘绍南（1903～1928年）：湖北沔阳（今洪湖县）人。1924年考入武汉中华大学，1925年加入中国共产党。1926年受党组织派遣，回家乡发动和领导工农革命运动。1928年，在与豪绅土匪反动武装的战斗中，不幸受伤被捕。1928年7月，刘绍南慷慨就义，年仅25岁。

答敌人审问

大丈夫，要革命，
立志创造新社会；
为工农，谋幸福，
百折不挠气不馁。

你们杀了我一人，
好像明灯暂被狂风吹，
革命少了我一人，
好比大海丢了一滴水。

革命声势如浪涌，
一起一伏前后追，
浪打沙埋众贼子，
哪怕妖魔逞淫威。

白旗倒了红旗飘，
老子生死在这回，
走上前来不下跪，
贼子们，睁开眼睛看爷爷！

壮烈歌

壮，好汉！
铡刀下，把话讲：
土豪劣绅，一群狗党，
万恶滔天，刮民血汗。
休要太猖狂！
革命人，你杀不完。
有朝一日——
血要用血还。
刀放头上不胆寒，
英勇就义——
壮！壮！壮！

烈，豪杰！
铡刀下，不变节，
要杀就杀，要砍就砍，
要我说党，我决不说。
杀死我一人，
革命杀不绝。
直到流尽了——
最后一滴血，
眼睛哪肯把敌瞥！
宁死不屈——
烈！烈！烈！

田波扬

田波扬（1904 ~1927 年）：湖南浏阳人。1923 年加入中国共产党。1927 年出席了中国共产党第五次全国代表大会。马日事变后，他坚持地下革命工作。后来由于叛徒告密，不幸被捕。1927 年6 月6 日，田波扬与他的妻子陈昌甫一同在长沙英勇就义。

我要

我要放出更强烈的火光，
照破人世间的虚伪和欺诈。
我要锻炼成尖锐的小刀，
刺破人与人之间的隔膜。

杨　超

杨超（1904~1927年）：出生于河南新县，后随家人迁居江西德安。1925年加入中国共产党。1926年由党组织派回江西工作，担任中共江西地方委员会委员，后赴德安县担任县委书记。1927年10月，杨超到河南开展工作，参与组织领导革命斗争。同年12月，杨超出席党的武汉会议后返回江西，途中不幸被捕。面对凶恶的敌人，杨超表现了一个共产党员宁死不屈、忠于党的崇高气节。敌人无计可施，残酷地将他杀害。

就义诗①

满天风雪满天愁，
革命何须怕断头？
留得子胥豪气在，
三年归报楚王仇！

① 这首诗是杨超就义时高声朗诵的。

罗世文

罗世文（1904~1946年）：四川威远人。1923年加入中国共产主义青年团，1925年加入中国共产党。曾任中共四川省委宣传部长、省委军委书记、省委书记等职，参与领导了江津、荣（县）威（远）、广汉、梁山、德阳等地的农民暴动和兵变。1946年，罗世文被敌人杀害于重庆歌乐山松林坡。

赠张元弟共勉

从来壮烈不贪生，
许党为民万事轻。
百战身经尝考验，
廿年冰蘖①励忠贞。

诗一首②

故国山河壮，
群情尽望春。
“英雄③”夸统一，
后笑是何人？

---

① 冰蘖：比喻寒苦而有操守。

② 这首诗是罗世文临难前放声朗诵的，原诗无题。

③ 英雄：对蒋介石的讽刺。

宋绮云

宋绮云（1904~1949年）：江苏邳县（今邳州市）人，共产党员。1929年，经党组织安排，宋绮云到杨虎城部工作，曾担任《宛南日报》总编辑、《西北文化日报》副社长兼总编辑、中共西北特别支部委员等职。西安事变前后，他对杨虎城部作了大量的统战工作，为宣传党的抗日民族统一战线政策作出了积极贡献。1949年，宋绮云被国民党军统特务残忍杀害。

留得清白上九霄

我决不能弯下腰，
只有怕死才求饶。
人生百年终一死，
留得清白上九霄。

关向应

关向应（1904～1946 年）：出生于辽宁金县，满族人。1925 年加入中国共产党。曾任共青团中央书记、红军第二方面军政治委员、中央革命军事委员会委员、八路军第 120 师政治委员等职。1946 年 7 月 21 日在延安病逝。

征途

月色在征尘中暗淡，
马蹄下迸裂着火星。
越河溪水，
被踏碎的月影闪着银光，
电火送着马蹄，
消失在稀微的灯光中。

周文雍

周文雍（1905～1928 年）：广东开平人。1923 年加入中国社会主义青年团。1925 年加入中国共产党。曾任中共广东区委工委委员、广州工人纠察队总队长、中共广州市委组织部部长兼市委工委书记等职。1927 年广州起义时，被选为广州苏维埃政府人民劳动委员兼教育部长。起义失败后，周文雍与协助他进行地下工作的陈铁军同时被捕。1928 年 2 月 6 日，周文雍和陈铁军在敌人的刑场上举行了悲壮的婚礼，从容就义。

绝笔诗

头可断，肢可折，
革命精神不可灭。
志士头颅为党落，
好汉身躯为群裂。

李少石

李少石（1906～1945年）：出生于香港，后随家人迁居广州。1925年加入中国共产主义青年团，1926年加入中国共产党。曾在广州海员工会、党联系上海和苏区的香港交通站、中共江苏省委宣传部工作。1934年被捕，1937年始被释放。出狱后曾在香港、澳门工作一段时间。后来赴重庆，在八路军驻渝办事处外事组工作。1945年不幸遇难。

寄内

一朝分袂两相思，
何日归来不可期。
岂待途穷方有泪？
也惊时难忍无辞。
生当忧患原应尔，
死得成仁①未足悲。
莫为远人憔悴尽，
阿湄②犹赖汝扶持。

① 成仁：指为革命牺牲。
② 阿湄：李少石女儿的名字。

南京书所见

丹心已共河山碎，
大义长争日月光。
不作寻常床箦死①，
英雄含笑上刑场。

① 床箦死：这里表明自己不愿昏昏瞶瞶度日。床箦，床席。

殷 夫

殷夫（1909～1931年）：又名白莽，生于浙江象山。1926年在上海求学期间，殷夫加入中国共产党。1927～1929年，他因从事革命活动，三次被捕，遭反动派毒打，出狱后继续坚持革命工作。1930年，参加中国左翼作家联盟，勤奋地为《萌芽月刊》等刊物写稿。1931年1月在上海被捕，2月7日在龙华被害。他与同时牺牲的柔石、胡也频等人一起，被称为“左联五烈士”。

血字

血液写成的大字，
斜斜地躺在南京路，
这个难忘的日子——
润饰着一年一度……

血液写成的大字，
刻划着千万声的高呼，
这个难忘的日子——
几万个心灵暴怒……

血液写成的大字，
记录着冲突的经过，
这个难忘的日子——
狞笑着几多叛徒……

“五卅”哟！

立起来，在南京路走！
把你血的光芒射到天的尽头，
把你刚强的姿态投映到黄浦江口，
把你的洪钟般的预言震动宇宙！

今日他们的天堂，
他日他们的地狱，
今日我们的血液写成字，
异日他们的泪水可入浴。

我是一个叛乱的开始，
我也是历史的长子，
我是海燕，
我是时代的尖刺。

“五”要成为报复的枷子，
“卅”要成为囚禁仇敌的铁栅，
“五”要分成镰刀和铁锤，
“卅”要成为断铐和炮弹！……

四年的血液润饰够了，
两个血字不该再放光辉，
千万的心音够坚决了，
这个日子应该即刻销毁！

让死的死去吧！

让死的死去吧！
他们的血并不白流，
他们含笑地躺在路上，
仿佛还诚恳地向我们点头。
他们的血画成地图，
染红了多少农村，城头。
他们光荣地死去了，
我们不能向他们把泪流。
敌人在瞄准了，
不要举起我们的手！

让死的死去吧！
他们的血并不白流，
我们不要悲哀或叹息，
漫漫的长途横在前头。
走去吧，
斗争中消息不要走漏，
他们尽了责任，
我们还要抖擞。

我们是青年的布尔塞维克

我们是青年的布尔塞维克，
一切——都是钢铁：
我们的头脑，
我们的语言，
我们的纪律！

我们生在革命的烽火里，
我们生在斗争的律动里，
我们是时代的儿子，
我们是群众的兄弟，
我们的摇篮上，
招展着十月革命的红旗。
我们的身旁是世界革命的血波，
我们的前面是世界共产主义。

我们是劳苦青年的先锋军，
我们的口号是“斗争”！
嘹亮，——我们的号筒，
高扬，——旗儿血红，
什么是我们的进行曲？
“少年先锋”！
伟大是我们的队伍，

无穷是我们的兄弟，
共产主义青年团，
新时代的主人翁。

我们是资产阶级的死仇敌，
我们是旧社会中的小暴徒，
我们要斗争，要破坏，
翻转旧世界，犁尖破土，
夺回劳动者的山，河！
我们要敲碎资本家的头颅，
踢破地主爷的胖肚，
你们悲泣吧，战栗吧！
我们要唱歌，要跳舞。
在你们的头顶上，
我们建筑起新都，
在你们的废墟上，
我们来造条大路，
共产主义的胜利，
在太阳的照耀处。

我们不怕死，
我们不悲泣，
我们要破坏，
我们要建设，
我们的旗帜显明：
斧头镰刀和血迹。

战斗的警钟响彻了天空，
是时候了，全世界无产青年快团结！
齐集在共产青年团的旗下，
曙光在前——
准备刺刀枪炮，袭击！

1930年“五卅”纪念

别了，哥哥①

（算作是向一个“阶级”的告别词吧！）

别了，我最亲爱的哥哥，
你的来函促成了我的决心，
恨的是不能握一握最后的手，
再独立地向前途踏进。

二十年来手足的爱和怜，
二十年来的保护和抚养，
请在这最后的一滴泪水里，
收回吧，作为噩梦一场。

你诚意的教导使我感激，
你牺牲的培植使我钦佩，

① 殷夫的哥哥当时是国民党的一个高级官员。殷夫写此诗，以表明同他哥哥决裂和斗争到底的决心。

但这不能留住我不向你告别，
我不能不向别方转变。

在你的一方，哟，哥哥，
有的是，安逸，功业和名号，
是治者们荣赏的爵禄，
或是薄纸糊成的高帽。

只要我，答应一声说，
“我进去听指示的圈套，”
我很容易能够获得一切，
从名号直至纸帽。

但你的弟弟现在饥渴，
饥渴着的是永久的真理，
不要荣誉，不要功建，
只望向真理的王国进礼。

因此机械的悲鸣扰了他的美梦，
因此劳苦群众的呼号震动心灵，
因此他尽日尽夜地忧愁，
想做个普罗米修士偷给人间以光明。

真理和愤怒使他强硬，
他再不怕天帝的咆哮，
他要牺牲去他的生命，
更不要那纸糊的高帽。

这，就是你弟弟的前途，

这前途满站着危崖荆棘，
又有的是黑的死，和白的骨，
又有的是砭人肌筋的冰雹风雪。

但他决心要踏上前去，
真理的伟光在地平线下闪照，
死的恐怖都辟易远退，
热的心火会把冰雪融消。

别了，哥哥，别了，
此后各走前途，
再见的机会是在，
当我们和你隶属着的阶级交了战火。

1929年4月12日

杨靖宇

杨靖宇（1905~1940年）：河南确山人。原名马尚德，字骥生。1925年加入中国共产主义青年团。1927年加入中国共产党。1931年九一八事变后，任哈尔滨市委书记，满洲省委委员、代军委书记等职，积极领导东北人民的抗日斗争。1934年起，先后任南满抗日联军总指挥、东北抗日联军第一路军总指挥兼政委等职，在东北长期坚持抗日游击战争。1940年，杨靖宇在吉林濛江县（今靖宇县）战斗中壮烈牺牲。

东北抗日联军第一路军歌

我们是东北抗日联合军，
创造出联合军的第一路军。
乒乓的冲锋杀敌缴械声，
那就是革命胜利的铁证。

正确的革命信条应遵守，
官长士兵待遇都是平等。
铁般的军纪风纪要服从，
锻炼成无敌的革命铁军。

亲爱的同志们团结起，
从敌人精锐的枪刀下，
夺回来失去的我国土，
解放亡国奴的牛马生活！

英勇的同志们前进呀！
赶走日寇推翻“满洲国”。

这一次的民族革命战争，
要完成弱小民族的解放运动。

高悬在我们的天空中，
普照着胜利军旗的红光。
冲锋呀，我们的第一路军！
冲锋呀，我们的第一路军！

中朝民族联合抗日歌

一

山河欲裂，万里隆隆，大炮的响声，
帝国主义宰割弱小民族的象征。
国既不国，家何能存，根本没有和平。
黑暗、光明，生死线上斗争来决定。

蹶起呀，中朝民族！
万不要再酣梦。
既有血，又有铁，
只等着去冲锋。

二

全世界上，最大的仇敌日帝数头等，
焚烧掠夺，奸淫侮辱，亡国且灭种；
并朝吞中，莫非《田中奏折》的兽行！
同仇敌忾，共赴国难，决不让再久逞！

联合呀！中朝民族！

团则生，离则亡！

谨防备离间计。

手携手打冲锋！

三

热血沸腾，杀声冲天，民族齐觉醒。

壮夫断臂，争先恐后，共夺万年灯①！

旌旗所至，势如破竹，虏焰自息影。

阵容强化，战线巩固，基础早奠定。

团结呀！中朝民族！

互相间，本赤诚，

坚持那最后五分钟。

勇冲锋！

四

照耀全球，闪烁不灭，最惊人的火星！

万恶日寇，自掘坟墓，非人能回生。

勇猛冲锋，吉凶祸福并非天来定。

事在人为，诚至金开②，自有曙光逢。

前进呀，中朝民族！

既有始，要有终！

誓杀到敌人大本营。

猛冲锋！

---

① 万年灯：比喻万年不灭的祖国的领土主权。

② 诚至金开：即谚语“精诚所至，金石为开”。

李兆麟

李兆麟（1910～1946 年）：辽宁辽阳人。九一八事变后，被中共党组织派回东北领导东北抗日武装斗争。曾任珠河反日游击队副队长、抗日联军第 6 军政治部主任、北满抗日联军总政治部主任、东北抗日联军第 3 路军总指挥等职。抗战胜利后，担任滨江省（后并入黑龙江省）副省长等职。1946 年 3 月 9 日在哈尔滨被国民党特务暗杀。

露营之歌

一

铁岭绝岩，林木丛生，
暴雨狂风，荒原水畔战马鸣。
围火齐团结，普照满天红。
同志们！锐志哪怕松江晚浪升！
起来哟，果敢冲锋！
逐日寇，复东北，
天破晓，光华万丈涌！

二

浓荫蔽天，野雾弥漫，
湿云低暗，足溃汗滴气喘难。
烟火冲空起，蚊吮血透衫。
兄弟们！镜泊瀑泉唤起午梦酣。
携手吧！共赴国难，

振长缨，缚强奴，
山河变，万里熄烽烟。

三

荒田遍野，白露横天，
野火熊熊，敌垒频惊马不前。
草枯金风疾，霜沾火不燃。
战士们！热忱踏破兴安万重山。
奋斗呀！重任在肩，
突封锁，破重围，
曙光至，黑暗一扫光。

四

朔风怒吼，大雪飞扬，
征马踟蹰，冷气侵人夜难眠。
火烤胸前暖，风吹背后寒，
壮士们！精诚奋发横扫嫩江原！
伟志兮！何能消灭，
全民族，各阶级，
团结起，夺回我河山。

蒲　风

蒲风 (1911 ~1942 年)： 原名黄日华， 学名黄飘霞， 广东梅县人。 现代著名诗人， 中国诗歌会发起人之一。 1940 年到皖南参加新四军， 从事文化宣传工作。 1942 年 8 月病逝， 时年 31 岁。 著有 《茫茫夜》、 《六月流火》、 《生活》、 《抗战三部曲》 等作品。

热望着

在不远的彼方，
有光明在照耀。
热望，把握，追求，
粉碎身上枷锁，
建造甜的欢笑。
路不远，
心莫焦；
不是孤舟
在大海里漂；
不是只马单身
在日夜里奔驰、跃跳。
热望着，热望着，……
前有光明在引导，
前有光明在照耀！

诗人

诗人，诗人！
你是时代的前哨，
你是大众的良朋，
你是自由、幸福的追求者，
你也是悲哀、苦痛的代言人。
你的心
汇合了人间千万种感情，
发出了至真至诚的呼声。
你怀藏了整个现实，
　　火、风、雨，
　　清香与污秽，
　　正义与欺骗，
　　黑暗与新生，
你都看得分明。
你歌唱着，
你的生命是前进，
举着前进的火炬，
踏着人类被屠戮的，
　　抑或是为生存而战斗的
那斑斑的血迹，
要把永远的光明追寻。

哪怕自己踏着崎岖荆棘的路，
哪怕黑暗的钢刀横在前面——
罪恶主宰着刽子手；
没有害怕，没有惊惶，
真理安定了你的步伍；
就是在那光明与黑暗的决战场，
除了勇敢，除了把武器当作歌，
再没有神圣的任务。
呵！诗人，诗人！
人类之灵！
你是时代的前哨，你是大众的良朋。
你是悲哀、痛苦的申诉者，
你是自由、幸福的代言人。
呵！诗人，诗人！
人类之灵！
呵！诗人，诗人！
人类之灵！

我爱一支枪

我爱一支枪，
枪口上着刀，
时常背在肩上，
　　雄赳赳的

是一个战士模样！

我爱一支枪，
把它紧靠在身旁；
前后左右移动都先照顾它，
它是我的生命，
永远握在我手上！

我爱一支枪，
带它进出在火线上；
两眼对准标尺也对准前方，
我要用珍珠般的子弹，
射出敌人的脑浆！

喂！
我爱一支枪，
把它擦得满漂亮，
太阳照着射光芒！
早也爱它，晚也爱它，
夜里有时也把它共着躺，
它是我的枕头，
它是我的姑娘！

江上青

江上青（1911～1939年）：原名江世侯，江苏江都人。1927年加入中国共产主义青年团，1929年转为中国共产党党员。他与一批热血青年先后创办了《写作与阅读》、《抗敌周刊》等刊物，宣传革命道理。1938年赴皖东北工作，后任中共皖东北特委委员。1939年，江上青遭到地主反动武装袭击，身中数弹牺牲，时年28岁。

七　律①

过隙光阴逝白驹，
十年患难早相扶。
雄心拼付三期战②，
别绪全凭一雁书。
春水绿杨思故里，
秋山红叶走征途。
天涯兄弟成劳燕，
互问风尘老病无。

① 这是江上青在给弟弟江树峰的信中附的一首诗。

② 三期战：毛泽东《论持久战》一书中所论述的抗日战争的三个阶段。这里指抗日战争。

何功伟

何功伟（1915～1941年）：湖北咸宁人。1936年加入中国共产党。曾任中共湖北省委委员、鄂南特委书记、鄂西特委书记等职。1941年在湖北恩施被捕。在狱中，他经受了严刑拷打的考验，又挫败了敌人的“劝降”伎俩和“感化”阴谋。同年11月17日，他慷慨就义，时年26岁。

狱中歌声

黑夜阻着黎明，只影吊着单形，
镣铐锁着手胫，怒火烧着赤心。
蚊成雷，鼠成群，灯光暗，暑气蒸，
在没太阳的角落里，
　　谁给我们同情慰问？
　　谁抚我痛苦的伤痕？！
我热血似潮水的奔腾，心志似铁石的坚贞，
我只要一息尚存，誓为保卫真理而抗争。
呵！姑娘，去秋握别后，再不见你的倩影，
别离为了战斗，再会待胜利来临。
谁知未胜先死，怎不使英雄泪满襟？！
你失了勇敢的战友，是否感到战线吃紧？
我失了亲爱的伴侣，也曾感到征途凄清！
不，姑娘，你应该补上我的岗位，坚决地打击敌人！
愿你同千千万万的人们，踏着我们的血迹前进！
呵，姑娘，天昏昏，地冥冥，用什么来纪念我们的
　　爱情？

惟有作不倦的斗争。
用什么表达我的愤怒?
惟有这狱中歌声。

奴隶恋歌

——奴隶们不是没有恋爱,而是有着更热烈更纯洁的恋爱

亲爱的,
让我轻轻把你纽扣解开,
看他们的皮鞭,
今天又打伤你哪一块。
亲爱的,
你刚才把眼泪吞向肚里,
不愿在他们面前抛洒,
现在对着我,你可以哭个痛快。
人家总叫我们忍耐,
但是——
到底我们这一辈子,
还不能够把头抬。
亲爱的,
我替你把伤裹,我替你把泪揩;
我们不能尽是痛苦,
更不能尽是悲哀。

亲爱的，
你再受了他们的欺侮，
就回到家来，
家里你是幸福的，因为有我在。
亲爱的，
你饿了一天，
这里还有一点剩饭剩菜；
——你吃吧，
我少吃一顿，还可以忍挨。
亲爱的，
你累了一天，
我替你把枕席安排，
我给你唱歌，
你在我身边先睡下来；
愿你在梦中随着歌声，
走到一个自由世界；
我还要坐一会，
我还要看那东方的虹彩。

许晓轩

许晓轩（1916 ~1949 年）：江苏江都人。1938 年加入中国共产党。1939 年，担任中共川东特委青委宣传部长。1940 年，调任重庆新市区区委书记。1941 年 4 月，由于叛徒出卖，许晓轩不幸被捕。1949 年 11 月 27 日，许晓轩被国民党反动派杀害，年仅 33 岁。

吊许建业烈士

噩耗传来入禁宫，
悲伤切齿众心同。
文山①大节垂青史，
叶挺孤忠有古风。
十次苦刑犹骂贼，
从容就义气如虹。
临危慷慨高歌日，
争睹英雄万巷空②。

① 文山：指文天祥。

② 许建业被捕后，多次遭受酷刑，始终坚贞不屈。临难时，沿街高呼口号，慷慨激昂，沿途群众对烈士的英雄气概，无不崇敬感动。

除夕有感①

不悲身世不思乡，
百结愁成铁石肠。
止水②生涯无节日，
强颜欢笑满歌场。
追寻旧事伤亡友，
向往新生梦北疆③。
慰罢愁人情未已，
低徊哦诵“惯于”章④。

---

① 这首诗是在狱中除夕夜里作的，写在一封家信里。

② 止水：指狱中生活像一潭死水一样。

③ 北疆：指革命圣地延安。

④ “惯于”章：鲁迅哀悼柔石、殷夫等五位左翼作家惨遭杀害时作的诗，首句是“惯于长夜过春时”。

林基路

林基路（1916~1943年）：广东台山人。1935年加入中国共产党。曾任新疆学院教务长、库车县县长等职。1942年被新疆反动军阀盛世才逮捕。1943年，林基路英勇就义，年仅27岁。

囚徒歌

我噙泪低吟民族的史册，
一朝朝，一代代，
但见忧国伤时之士，
贲志①含愤赴刑场。
血口獠牙的豺狼，
总是跋扈嚣张。

哦！民族，苦难的亲娘！
为你那五千年的高龄，
　已屈死了无数的英烈。
为你那亿万年的伟业，
　还要捐弃多少忠良！
铜墙，困死了报国的壮志，
黑暗，吞噬着有为的躯体，
镣链，锁折了自由的双翅，

① 贲志：抱着志愿。这里含有志愿没有实现而牺牲的意思。

这森严的铁门，囚禁着多少国士[1]！
豆萁相煎，便宜了民族仇敌。
无穷的罪恶，终要叫种恶果者自食，
难闻的血腥，用噬血者的血去洗。

囚徒，新的囚徒，坚定信念，贞守立场！
砍头枪毙，告老还乡；
严刑拷打，便饭家常。
囚徒，新的囚徒，坚定信念，贞守立场！
掷我们的头颅，奠筑自由的金字塔，
洒我们的鲜血，染成红旗，万载飘扬！

① 国士：一国中才能出众的人。

何雪松

何雪松（? ~1949 年）：四川高县人。1947 年因组织武装起义被捕，关押在重庆渣滓洞集中营。在狱中，他积极为党工作，并发起组织铁窗诗社，写下了一些充满革命豪情的诗歌。1949 年重庆解放前夕，在渣滓洞大屠杀中，为掩护难友，何雪松用身体堵住敌人的机枪而英勇牺牲。

灵魂颂[1]

你是丹娘[2]的化身，
你是苏菲亚的精灵，
不，你就是你，
你是中华儿女的革命典型。

迎接胜利

乌云遮不住太阳，
冰雪锁不住春天，
铁牢——
关住了战士的身子，

---

① 这是被囚禁在渣滓洞的革命者献给江姐的一首诗，由何雪松同志执笔。这四句诗，是其中的一小节。

② 丹娘：即卓娅，苏联卫国战争时期女英雄。

关不住要解放的心愿。
不怕你豺狼遍野，
荆棘满山，
怎比得，
真理的火流，
革命的烈焰。
看破晓的红光，
销铄了云层，
解放的歌声，
响亮在人间。
用什么来迎接我们的胜利？
用我们不屈的意志，
坚贞的信念！

你等待着我吧

为什么你尝尽了离别的痛苦，
为什么孩子们见不着爸爸？
为什么你献出了自己的爱人，
为什么我抛别了我爱的她？

为的是千万对情侣不被拆散，
为的是万千个孩子不再失掉爹妈。
为的是穷人要翻身啦，

为的是不再做牛马。

莫以为今天的胜利，
已开出了民主的鲜花，
眼前的障碍还和昨天一样的大。

假如你爱我爱得很深，
你等待着我吧！
让我清算了敌人，
我再回家。

陈法轼

陈法轼（1917~1942年）：贵州贵阳人，共产党员。曾积极参加贵州邮电职工运动，与混入工会的国民党特务分子进行坚决斗争。1941年11月被捕。1942年6月在贵阳被国民党反动派杀害。

狱中诗

磊落生平事，
临刑无点愁。
壮怀犹未折，
热血拼将流。
慷慨为新鬼，
从容作死囚。
多情惟此月，
再照雄心酬。

白深富

白深富（？ ~1949 年）：四川璧山人，共产党员。他先后在四川合江、广安等地做学生运动工作。1948 年在璧山被捕，囚于重庆渣滓洞集中营。1949 年重庆解放前夕，被敌人杀害。

花

我爱花。
我爱洋溢着青春活力的花，
带着霜露迎接朝霞。

不怕严寒，不怕黑暗，
最美丽的花在漆黑的冬夜开放。

它是不怕风暴的啊，
风沙的北国，
盛开着美丽的矫健的百花。

我爱花。
我爱在苦难中成长的花，
即使花苞被摧残了，
但是更多的
　　更多的花在新生。

一朵花凋谢了，
但是更多的花将要开放，
因为它已变成下一代的种子。

花是永生的啊，
我爱花，
我爱倔强的战斗的花。

花是无所不在的，
肥沃的地方有花，
贫瘠的地方有花。
在以太里
有无线电波交织的美丽的花①；
在一切的上面
有我们理想的崇高的花。

我爱花，
我愿为祖国
开一朵绚丽的血红的花。

① 指秘密收听解放区广播时的喜悦。

何敬平

何敬平（1918～1949年）：四川巴县人，共产党员。他曾在重庆电力公司工作，担任中共重庆电力公司地下党支部组织委员。1948年，由于叛徒出卖被捕，囚禁在渣滓洞集中营里。1949年重庆解放前夕被杀害。

我是江河

我只是细小的溪流，
我只有轻轻的涟漪，
　　微弱的漩涡。

我将是汹涌的江河，
我要用原始的野性
　　激荡、澎湃！
我要淹没防堵的堤坝，
我要冲毁阻碍的山岳！
我决不让我的生命窒息，
我渴望海……

我不只是细小的溪流，
我不只有轻轻的涟漪，
　　微弱的漩涡。

我是江河！
我是江河！

把牢底坐穿

为了免除下一代的苦难，
我们愿——
　　愿把这牢底坐穿！
我们是天生的叛逆者，
我们要把这颠倒的乾坤扭转！
我们要把这不合理的一切打翻！
今天，我们坐牢了，
坐牢又有什么希罕？
为了免除下一代的苦难，
我们愿——
　　愿把这牢底坐穿！

1948年夏于渣滓洞

陈　辉

陈辉（1920~1945年）：湖南常德人。1937年加入中国共产党。1938年到延安。1939年到晋察冀敌后抗日根据地，先在晋察冀通讯社当记者，后来主动要求到基层锻炼，被分配到房涞涿联合县工作。1945年在一次战斗中牺牲。遗作有诗集《十月的歌》。

为祖国而歌

我，
埋怨
我不是一个琴师。

祖国呵，
因为
我是属于你的，
一个大手大脚的
劳动人民的儿子。

我深深地
　　深深地
　　爱你！

我呵，
却不能，
像高唱马赛曲的歌手一样，
在火热的阳光下，

在那巴黎公社战斗的街垒旁，
拨动六弦琴丝，
让它吐出
震动世界的，
人类的第一首
最美的歌曲，
作为我
对你的祝词。

我也不会
骑在牛背上，
弄着短笛。
也不会呵，
在八月的禾场上，
把竹箫举起，
　　轻轻地
　　轻轻地吹；
让箫声，
飘过泥墙，
落在河边的柳阴里。

然而，
当我抬起头来，
瞧见了你，
我的祖国的
那高蓝的天空，

那辽阔的原野，
那天边的白云
　　悠悠地飘过，
或是
那红色的小花，
笑眯眯的
从石缝里站起。
我的心啊，
多么兴奋，
有如我的家乡，
那苗族的女郎，
在明朗的八月之夜，
疯狂地跳在一个节拍上，
你搂着我的腰，
我吻着你的嘴，
而且唱：
——月儿呀，
　　亮光光……

我的祖国呵，
我是属于你的，
一个紫黑色的
年轻的战士。

当我背起我的
那支陈旧的“老毛瑟”，

从平原走过，
望见了
敌人的黑色的炮楼，
和那炮楼上
飘扬的血腥的红膏药旗，
我的血呵，
它激荡，
有如关外
那积雪深深的草原里，
大风暴似的，
急驰而来的，
祖国的健儿们的铁骑……

祖国呵，
你以爱情的乳浆，
养育了我；
而我，
也将以我的血肉，
守卫你啊！

也许明天，
我会倒下；
也许
在砍杀之际，
敌人的枪尖，
戳穿了我的肚皮；

也许吧，
我将无言地死在绞架上，
或者被敌人
投进狗场。
看啊，
　那凶恶的狼狗，
磨着牙尖，
眼里吐出
绿色莹莹的光……

祖国呵，
在敌人的屠刀下，
我不会滴一滴眼泪，
我高笑，
因为呵，
我——
你的大手大脚的儿子，
你的守卫者，
他的生命，
给你留下了一首
无比崇高的“赞美词”。
我高歌，
祖国呵，
在埋着我的骨骼的黄土堆上，
也将有爱情的花儿生长。

1942年8月10日，初稿于八渡

一个日本兵

一个日本兵，
死在晋察冀的土地上。

他的眼角，
凝结着紫色的血液，
凝结着泪水，
凝结着悲伤。

他的手，
无力地
按捺着，
被正义的枪弹，
射穿了的
年轻的胸膛。

两个农民，
背着锄头，
走过来，
把他埋在北中国的山岗上。

让异邦的黄土，
慰吻着他那农民的黄色的脸庞。
中国的雪啊，
飘落在他的墓上。

在这寂寞的夜晚，
在他那辽远的故乡，
有一个年老的妇人，
垂着稀疏的白发，
在怀念着她这个
　　远方战野上的儿郎……

1940年2月12日夜写

到柳沱去望望

平原的芦苇已经很高了，
平原的麦苗长得真壮。
小鸽儿啊，
你知不知道柳沱，
那个唐河岸边的村庄？

柳沱呵，
是我们的家呀，
柳沱啊，
有我们的妈妈呀，
柳沱给日本鬼子烧了，
在一个黑得墨一样的晚上。

哦，小鸽儿啊，
跟我去吧！

拍起你的黑灰色的翅膀。
小鸽儿啊，
跟我到惨死了的母亲身边去望望，
跟我到刺破了肚皮的姐姐的身边望望。

平原的芦苇已经很高了，
平原的麦苗长得真壮。
火车啊从平原上驰过，
在五月的夜里悲凄地叫响。

哦，哦，小鸽儿啊，
一块儿去吧！
一块儿到唐河边，
洗一洗母亲那一身
被血染红的衣裳啊……

献诗——为伊甸园而歌

那是谁说
“北方是悲哀的”呢？
不！
我的晋察冀呵，
你的简陋的田园，
你的质朴的农村，
你的燃着战火的土地，

它比
天上的伊甸园，
还要美丽！

呵，你——
我们的新的伊甸园呀，
我为你高亢地歌唱。

我的晋察冀呵，
你是
在战火里
新生的土地，
你是我们新的农村。
每一条山谷里，
都闪烁着
毛泽东的光辉。
低矮的茅屋，
就是我们的殿堂。
生活——革命，
人民——上帝！

人民就是上帝！
而我的歌呀，
它将是
伊甸园门前守卫者的枪支！

我的歌呀，

你呵，
要更顽强有力地唱起，
虽然
我的歌呵，
是粗糙的，
而且没有光辉……

我的晋察冀呀，
也许吧，
我的歌声明天不幸停止，
我的生命
被敌人撕碎，
然而，
我的血肉呵，
它将
化作芬芳的花朵，
开在你的路上。
那花儿呀——
　红的是忠贞，
　黄的是纯洁，
　白的是爱情，
　绿的是幸福，
　紫的是顽强。

坟场

战士的坟场，
比奴隶的国家
还要明亮。（田间）

十二月，
我从平原回来，
打战士的坟边走过。

这是一座崭新的坟墓呀，
荒草已经枯死了，
润湿的黄土堆里，
斜斜地插着
两块白杨木的牌子，
那上面刻有
我们年轻烈士的名字啊。

亲爱的兄弟啊，
还是前天，
我曾经看见过你，
在微笑的月光下，
荷着枪，
赶着垂着耳朵载满粮食的毛骡……

从广阔平坦的平原那边，
回来。

而今天，
这冰冻的黄土岗，
却已经默默无言地
把你深深地埋葬……

亲爱的兄弟呵，
你们并没有死亡；
你们的血肉，
化作了祖国的血肉。
你们将最先看见到
一九四二年从太平洋自由的海浪里
升起来的红太阳。

1941年12月27日夜

古承铄

古承铄（1920～1949年）：四川南川（今属重庆市）人，共产党员。他是诗人和音乐家，写过很多反对蒋介石反动统治的歌词。1948年被捕，囚于重庆渣滓洞集中营，1949年重庆解放前夕牺牲。

无题

假如山崩地裂，
假如天要垮下，
假如一动就会死，
假如有血才有花……
只要能打开牢笼，
让自由吹满天下；
我将勇敢上前，
毫不惧怕！

宣誓

在战斗的年代，
我宣誓——
　不怕风暴，
　不怕骤雨的袭击！
一阵火，一阵雷，

一阵狂风，一阵呼号
炙热着我的心；
脑际胀满了温暖与激情。

我宣誓——
爱那些穷苦的、
　流浪的、无家可归的、
　衣单被薄的人民；
恨那些贪馋的、
　骄横的、压榨人民的、
　杀戮真理的强盗。

我宣誓——
　我是真理的信徒，
　我是正义的战士，
　我要永远永远
　　为人类的自由幸福而战！

薪水是个大活宝

薪水是个大活宝，
想和物价来赛跑，
物价一天涨一天，
薪水半年赶不到。
赶不到呀赶不到，

公教人员啷①开交？
这个日子天知道，
怎么能够过得了？
年老的爹妈要活命，
小小的孩儿要温饱；
自己忽然得了病，
那时有谁来照料？
过不了呵吃不消，
竟有人还在旁边哈哈哈哈笑！
可恨可恨又可恼，
这样的日子要改造，要改造！

磨房的瘦马

狗儿汪汪叫，
主人哈哈笑；
猫儿咪咪叫，
主妇嘻嘻笑。
狗儿猫儿都得意，
天天讨好逞强暴。
最苦的是那磨房的瘦马，
吃不饱来住不好。

① 啷：四川方言，“怎么”的意思。

两眼蒙块布，
嘴上笼个套，
成天劳动又饥寒，
连喘气、呻吟、呼喊，
也被主人剥夺了，
也被主人剥夺了！

陈　然

陈然（1923~1949年）：出生于河北香河县。1939年加入中国共产党。1947年，重庆地下党决定编印《挺进报》，陈然先任《挺进报》特支组织委员，后任书记，负责报纸的油印工作。1948年，陈然不幸被捕。1949年，被国民党特务杀害，牺牲时年仅26岁。

我的“自白”书

任脚下响着沉重的铁镣，
任你把皮鞭举得高高，
我不需要什么自白，
哪怕胸口对着带血的刺刀！

人，不能低下高贵的头，
只有怕死鬼才乞求“自由”；
毒刑拷打算得了什么？
死亡也无法叫我开口！

对着死亡我放声大笑，
魔鬼的宫殿在笑声中动摇；
这就是我——一个共产党员的自白，
高唱凯歌埋葬蒋家王朝。

蔡梦慰

蔡梦慰（？～1949 年）：四川遂宁人。新闻记者、诗人。1948 年，他因《挺进报》事件被捕，关押于重庆渣滓洞集中营。1949 年重庆解放前夕牺牲。

祭

安息吧，烈士，
请接受这最高的敬礼！
我们不能到坟头来举行奠仪，
甚至于还不知道
你们是否还有一块墓地？
在敌人的监禁中，
我们只有用沉默来包藏着哀痛；
而把你们的碑石呀，
深深地建立在我们的心里。

一年了呵，
你们的尸骨该已化黄土！
而你们英勇的身影，
却活活地显现在革命的火光中，
像一面大旗，
感召着后继者不息的战斗，
感召着我们二百多个人，
在敌人的面前永远不屈。

安息吧，烈士，
请接受这最高的敬礼！
用什么文词呀，
刻在你们的碑石上，
才能显示你们的忠贞？
把金子扔在粪坑里！
把红顶花翎用脚踢开！
你们站在利禄的诱惑前，
像一座巍峨的山，
连敌人的头也低低地垂了下来！

烙铁烧焦了胸脯和背，
竹签子钻进每一根指头……
你们熬受着毒刑，
保障了千百个同志的安全。
像铁锤击落在炽热的钢上，
迸射出意志的火星！
敌人愈残酷呀，
愈显出你们的坚毅。

安息吧，烈士，
请接受这最高的敬礼！
当其你们的面前只有两条独路，
你们毫无踌躇，
　　从容地走上刑场，
　　像去赴一个神圣的约会。

在断头台上，
你们先宣判了敌人的命运，
用震撼地球的声音向全世界播告：
——中国革命胜利！
——中国人民能够胜利！

一年了呵，
胜利的花朵，
在战士们的血泊中蓬勃开放！
你们被害的去年今日，
大半个中国还在罪恶的统治下；
今年今日呀，
人民的军队已经渡过大江，
扫荡着敌人的败兵残将；
不会等到明年的今天，
解放的红旗呀，
将飘扬在中国的每一寸土地，
　　飘扬在你们的墓头，
　　飘扬在这黑牢的门口！
无数代享受幸福的人民，
将从不朽的烈士碑上，
读出那代表光荣与庄严的名字：
　——中国共产党员许建业，
　——中国共产党员李大荣。

献给母亲

——第二十五度生日

妈呀，你在哪里？
我听得见你在悲叹，
你在呼唤我的乳名：
　　千遍
　　万遍……
不管隔了多少重山，
　　多少年代……
也不管是什么力量，
长远地使我们分开，
而把暮年的寂寞，
留作你唯一的陪伴。

像幼鸟翱翔天际，
　　飞向太阳……
像雨点滴入江河，
　　奔向大海……
你的孩子呀，
属于了他的伙伴，
属于一个众人的理想。

每一粒种子，

都孕育着一个独立的生命，
从剪断脐带的那一刻起，
地下的婴儿，
便已属于他自己。
老一代的爱，
老一代的希望，
被年轻人当作羁绊来丢开。

一个时代的毁灭，
一个时代的诞生，
要付出多少母亲的眼泪，
要经过多少母亲的熬煎。
妈，你从泪光中可曾看见，
新的人群呀，
已从桎梏中解放出来，
用劳力耕耘自己的世界，
那里面有你的孩子，
也有你自己。

牢门要被打开的，
镣铐一定要被砸碎，
囚徒们将奔涌出来，
　　重新呼吸自由的空气，
　　重新享受和煦的日光。
他们将张开
　　还未瘫软的双臂，

热情地拥抱世界呵，
热情地拥抱他的母亲！

春风里摇摆的新枝，
阳光中闪耀的绿叶，
它们与泥里的老根一同枯荣，
妈呀，
我们两个生命，
原本是紧紧地
　　相依
　　相偎……
连系在两颗心间的纽带呀，
牢牢地谁能割断！

黑牢诗篇①

第一章

手掌般大的一块地坝，
箩筛般大的一块天；
二百多个不屈服的人，

---

① 这是蔡梦慰在狱中用竹签子笔蘸着棉花烧成的灰烬调制的墨汁，写成的诗篇。1949年11月27日深夜，在被押赴刑场途中，他将这首未完成的长诗原稿抛留荒草丛中。重庆解放后这一珍贵的诗稿被发现，终于被保存下来。

锢禁在这高墙的小圈里面，
一把将军锁把世界分隔为两边。

空气呵，
日光呵，
水呵……
成为有限度的给予。
人，被当作牲畜，
长年地关在阴湿的小屋里。
长着脚呀，
眼前却没有路。
在风门边，
送走了迷惘的黄昏，
又守候着金色的黎明。
墙外的山顶黄了，又绿了，
多少岁月呵！
在盼望中一刻一刻地挨过。

墙，这么样高！
枪和刺刀构成密密的网。
可以把天上的飞鸟捉光么？
即使剪了翅膀，
鹰，曾在哪一瞬忘记过飞翔？
连一只麻雀的影子
从牛肋巴窗前掠过，
都禁不住要激起一阵心的跳跃。

生活被嵌在框子里，
今天便是无数个昨天的翻版。
灾难的预感呀，
像一朵乌云时刻地罩在头顶。
夜深了，
人已打着鼾声，
神经的末梢却在尖着耳朵放哨；
被呓语惊醒的眼前，
还留着一连串噩梦的幻影。

从什么年代起，
监牢呵，便成了反抗者的栈房！
在风雨的黑夜里，
旅客被逼宿在这一家黑店。
当昏黄的灯光
从帘子门缝中投射进来，
映成光和影相间的图案；
英雄的故事呵，
人与兽争的故事呵……
便在脸的圆圈里传叙。

每一个人，
每一段事迹，
都如神话里的一般美丽，
都是大时代乐章中的一个音节。
——自由呵，

——苦难呵……
是谁在用生命的指尖
弹奏着这两组颤音的琴弦？
鸡鸣早看天呀！
一曲终了，该是天晓的时光。

第二章

牢门，曾经为你打开，
只消一提脚
便可跨过这条铁的门槛。
管钥匙的人说：
——你想干点什么呢？
　　搞事业吗，还是玩政治？
　　我给你高官，
　　我给你公司、银行、书店、报馆……
——否则呀，哼！
一声冷笑掩蔽了话里的刀；
像修行者抵御了魔鬼的试验，
你呀，拒绝了利与禄的诱惑，
只把脖子一扬，
便将这杯苦汁一气饮下！
连眉头也不皱一皱呀，
从金子堆边走过而不停一停脚，
在红顶花翎的面前而不瞟它一眼。
　　爱人的眼睛，
　　母亲的笑脸……

多少年轻的心灵呵，
都被感情的手撕裂得粉碎；
你呀，光荣的胜利者，
在一点头，一摇首之间，
曾经历了怎样剧烈的战斗！

凭仗着什么？
在一瞬间的若干次斗争中，
你终于战胜了双重的敌人。
像战场上的勇士：
　　一手持着信仰的盾牌，
　　一手挥砍着意志的宝剑。
从此，牢门上了死锁，
铜钥匙的光亮，
不曾在你眼前晃过。
——为了免除下一代的苦难，
　　我们要，要把这牢底坐穿！
二百多颗心跳着一个旋律，
二百多个人只希望着那么一天——
等待着自己的弟兄，
用枪托来把牢门砸开！

第三章

讲着人的语言，
穿戴着人的衣冠，
完全同人类一个模样儿，

却长着蛇与狼的肺脏。
让天真的生物学者去疑惑——
世界上会有这种动物！
这里的二百多个人，
每一个都是活证，
每一个的身上永留着它的爪痕。
热铁烙在胸脯上，
竹签子钉进每一根指尖，
用凉水来灌鼻孔，
用电流通过全身……
人的意志呀，
在地狱的毒火里熬炼——
像金子一般的亮！
像金子一般的坚！

可以使皮肉烧焦，
可以使筋骨折断；
铁的棍子，
木的杠子，
撬不开紧咬着的嘴唇，
——那是千百个战士的安全线呵！
用刺刀来切剖胸腹吧，
挖得出的——
也只有又热又红的心肝！

“老虎凳”，“鸭儿浮水”……

“水葫芦”，“飞机下蛋”……
多么别致而又丰富的字眼呀，
在它们的辞典上，
　　是对付反抗者的工具，
　　是赏心乐意的游戏；
而在人类的斗争史上，
却用鲜红的字迹注写着：
　　炼成钢的熔炉，
　　琢成玉的磨床。

你，断了腿的，
你，折了臂的……
让自己的躯体残废，
为了花朵开放得完美，
为了果实结垒得丰盛。
是收获的季节了，
当着你的朋友、
　　　　爱人、
　　　　同志……
每一处伤痕呀，
都夸示着它所表现的光荣，
　　　　它所包含的意义。

第四章

欢迎呵！
亲爱的战友，

同志。

你是来自何方？
哪一个村，
哪一座城，
已掀起解放的巨浪！
只有浑浊的开水，
只有残余的烟蒂，
而友爱的手指，
早拂去了对于魔穴的疑虑。
才经过熬煎的心灵，
才经过折磨的躯体，
像浸在温泉里一般安适舒坦……
寒夜，一角薄毯的分享，
使全身全心都感到暖和。

燕子，
会带来春信；
来自火线上的人，
传播了斗争的捷音：
——东山坡呀，
——西山坪呀，
人民已经翻了身！
在放风场上，
每一双眼睛放着亮，
每一个脸颊发着光，
火呀，在深心里熊熊地燃烧……

一口冷锅，
几床破絮，
家，破了，无叹息。
暴风雨的夜里，
　　该有多少林间的巢倾覆？
　　该有多少浪里的船沉没？
在同难的兄弟间，
你看到家人的面影，
也感到和家人一般的温存。

像潮水退了，
被抛留在岸洼里的鱼，
　　共同的苦难，
　　共同的企愿，
使大家濡活在彼此的沫液里。
既已听见潮鸣了，
排山倒海的浪涛呀，
必然的，更接近了，
　　　　　　更接近了呀……

第五章

像笼里的鹰
梳理着他的羽翼，
准备迎接那飞翔的日子；
长期的幽禁呵，
岂能使反抗者的意志麻痹。

在铁窗里面，
无时不在磨砺着斗争的武器——
用黄泥搓成的粉笔，
在地板上写出了讲义，
你，是学生，也是教师，
　卡尔、
　恩格斯、
　伊里奇、
　约瑟夫，
就像坐在身边，
同大家亲密地讲叙；
毛泽东的话呀，
又一遍在心里重新记忆，
再一遍在心里仔细温习。

寒冷的俄罗斯，
是怎样开遍了香花；
古老的中华，
怎样燃起了解放的火炬。
同敌人斗争的故事，
同自己斗争的故事，
一幕一幕重现在眼底，
像无数的火星
闪耀在这样黑的夜空里。
转动齿轮的，
挥舞锄锹的，

摇弄笔杆和舌头的；
趁着新建的花园完工之前，
你，向自己的弟兄，
赤裸出深藏的灵魂和躯体，
　看哪里还有暗迹，
　看哪里还有污点，
进入那圣洁芬芳的田园地呀，
谁，好意思带着一身垢腻！
莫说包过脚，
老了便不能解放；
五十几岁的老大哥，
天天在学读书，写字；
还在梦里流尿的孩子，
也会用稚气的口语，
讲说革命的大道理，
描述新社会的美丽。
……

文 泽

文泽（？~1949年）：四川合川人。他曾在新四军政治部从事新闻工作。1941年1月，皖南事变时被捕。1949年重庆解放前夕牺牲。在狱中他始终没有暴露身份。

告别

黑夜是一张丑恶的脸孔，
惨白的电灯光笑得像死一样冷酷。
突然，一只粗笨的魔手，
把他从噩梦中提出。

瞪着两只大眼，定一定神，
他向前凝望：
一张卑鄙得意的笑脸，
遮断了思路。

立刻，他明白了，
是轮次了，兄弟，不要颤抖，
大踏步跨出号门——
他的嘴裂开，轻蔑地笑笑：
"呵，多么拙笨的蠢事，
在革命者的面前，
死亡的威胁是多么无力……"
记着，这笔血债，
兄弟们一定要清算：记着，血仇。

呵，兄弟，我们走吧，
狗们的死就在明朝！

血永远写着每个殉难者的“罪状”——
第一，他逃出了军阀、土豪、剥削者的黑土；
第二，他逃脱了旧社会屠场的骗诈、饥饿；
第三，他恨煞了尘世的麻痹、冷漠、诬害；
第四，他打碎了强盗、太监、家奴、恶狗加给祖国的枷锁；
第五，他走上了真理的道路，向一切被迫害、被愚弄的良心摇动了
　反抗的大旗……
呵，兄弟，你走着吧！勇敢地走着吧！
呵，兄弟，记住我们战斗的信条：
　假如是必要，你就迎上仇敌的刺刀。
但是真理必定来到，这块污土就要燃烧。

刽子手轻轻拍拍他的肩膀，
他，突然发出了一声冷笑。
一转身，他去了。
呵，兄弟，
不用告别，每一颗心都已知道！
呵，快天亮了，这些强盗狗种都已战栗、恐慌，
他们要泄忿、报复，灭掉行凶的见证，
他们要抓本钱，然后逃掉。
但是你听着：狗们不能被饶恕，
血仇要用血来报！

1949年11月大屠杀之夜于白公馆

蓝蒂裕

蓝蒂裕（？～1949年）：四川梁平（今属重庆市）人。共产党员。1948年冬被捕，囚于重庆渣滓洞集中营，1949年10月在重庆大坪被杀害。

示儿①

你——耕荒，
我亲爱的孩子；
　从荒沙中来，
　到荒沙中去。

今夜，
我要与你永别了。
　满街狼犬，
　遍地荆棘，
给你什么遗嘱呢？
我的孩子！

今后——
愿你用变秋天为春天的精神，
把祖国的荒沙，
耕种成为美丽的园林！

1949年10月就义前夜

① 这首诗是蓝蒂裕在临刑前留交难友转给儿子的遗嘱。

余祖胜

余祖胜（1927～1949年）：江西湖口人。重庆第二十一兵工厂工人，共产党员。1948年因《挺进报》事件被捕，囚于重庆渣滓洞集中营。1949年重庆解放前夕牺牲。

晒太阳

太阳倾泻在石头上，
温暖着我的身躯，
呵？这也触犯了吸血鬼的法律！
“哼！不讲羞耻！”
眼珠翻滚，
怒目瞪瞪。

在这人和兽混居的城堡里——
　道德、法律、武力、金钱……
　全是吃人的野兽！
春天，是强盗们的，
穷人永远生活在冬天里。
愤怒地站在石头上，
我要回答——
　总有一天，我们将
　站在这个城堡上，
高声宣布：
太阳是我们的！

1947年3月9日

明天

我伏在窗前，
让黑夜快点过去。
希望的梦呵——
总是做不完的。
黑夜里总有星光，
白天怎能叫太阳躲藏?
明天，是个幸福的日子，
明天是我的希望!

火焰献词

火焰！火焰!
燃烧着热情的火焰!
你辉煌万丈的光芒，
照遍了大地阴暗的角落。

你强烈的火焰燃烧着魔鬼，
温暖着我们每个战斗的心。
为着真理……
我们要唤醒沉醉的人们。

你美丽鲜明的火焰，
使多少人倾羡着你！
只有顽固的自私者，
想用残酷不仁道来毁灭你！

多少青年狂恋着你，
呵！你的爱赐给大众，
是那么的普通，
像天宇的太阳一样。

在黑暗里你指示正确的路，
他们举起了坚实的手臂，
向你致敬；
呵！投进你的怀抱！

六角丛书·新教育

中国中学生基础阅读丛书

革命烈士诗抄

唐诗三百首

汤姆·索亚历险记

鲁滨孙漂流记

钢铁是怎样炼成的

福尔摩斯探案集

摇着轮椅上北大

精彩继续 >>>